W9-CYF-039

Bola de Mugre

escrito por Robert Munsch
ilustrado por Sami Suomalainen
traducido por José M. López

WITHDRAWN

Annick Press Ltd.
Toronto • New York • Vancouver

© 2004 Annick Press Ltd. (Spanish edition)
© 1982 Bob Munsch Enterprises Ltd. (text)
© 1995 Sami Soumalainen (art)
Revised Edition 1995
Cover design by Sheryl Shapiro.
© 2003 Spanish translation by José M. López
Editorial Services in Spanish by
VERSAL EDITORIAL GROUP, Inc.
www.versalgroup.com

Annick Press Ltd.
Quedan reservados todos los derechos. Ninguna parte de este libro puede ser
reproducida o usada en ninguna forma ni por ningún medio —gráfico, electrónico o
mecánico— sin la autorización previa y por escrito de la editorial.

Agradecemos la ayuda prestada por el Concejo de Artes de Canadá (Canada Council for
the Arts), el Concejo de Artes de Ontario (Ontario Arts Council) y el Gobierno de Canadá
(Government of Canada) a través del programa Book Publishing Industry Development
Program (BPIDP) para nuestras actividades editoriales.

Cataloging in Publication
Munsch, Robert N., 1945-
[Mud puddle. Spanish]
          Bola de mugre / escrito por Robert Munsch ;
ilustrado por Sami Suomalainen ; traducido por José M. López.

Translation of: Mud puddle.
ISBN 1-55037-873-2

I. Suomalainen, Sami II. Lopéz, José M. (José Manuel), 1947-
III. Title. IV. Title: Mud puddle. Spanish.

PS8576.U575M8418 2004   jC813'.54   C2004-901047-6

Distribuido en Canadá por:
Firefly Books Ltd.
66 Leek Crescent
Richmond Hill, ON L4B 1H1

Publicado en U.S.A. por Annick Press (U.S.) Ltd.
Distribuido en U.S.A. por:
Firefly Books (U.S.) Inc.
P.O. Box 1338, Ellicott Station
Buffalo, NY 14205

Impreso y encuadernado en Canadá
por Friesens, Altona, Manitoba
Printed in Canada

Visítenos en: www.annickpress.com

A Jeffrey —R. M.

A mi esposa, June —S. S.

La madre de Jule Ann le compró ropa nueva y limpia.

Jule Ann se puso una blusa nueva y limpia, y se la abotonó hasta el cuello. Se puso un pantalón nuevo y limpio, y se lo abotonó hasta arriba. Luego salió y se sentó debajo de un manzano.

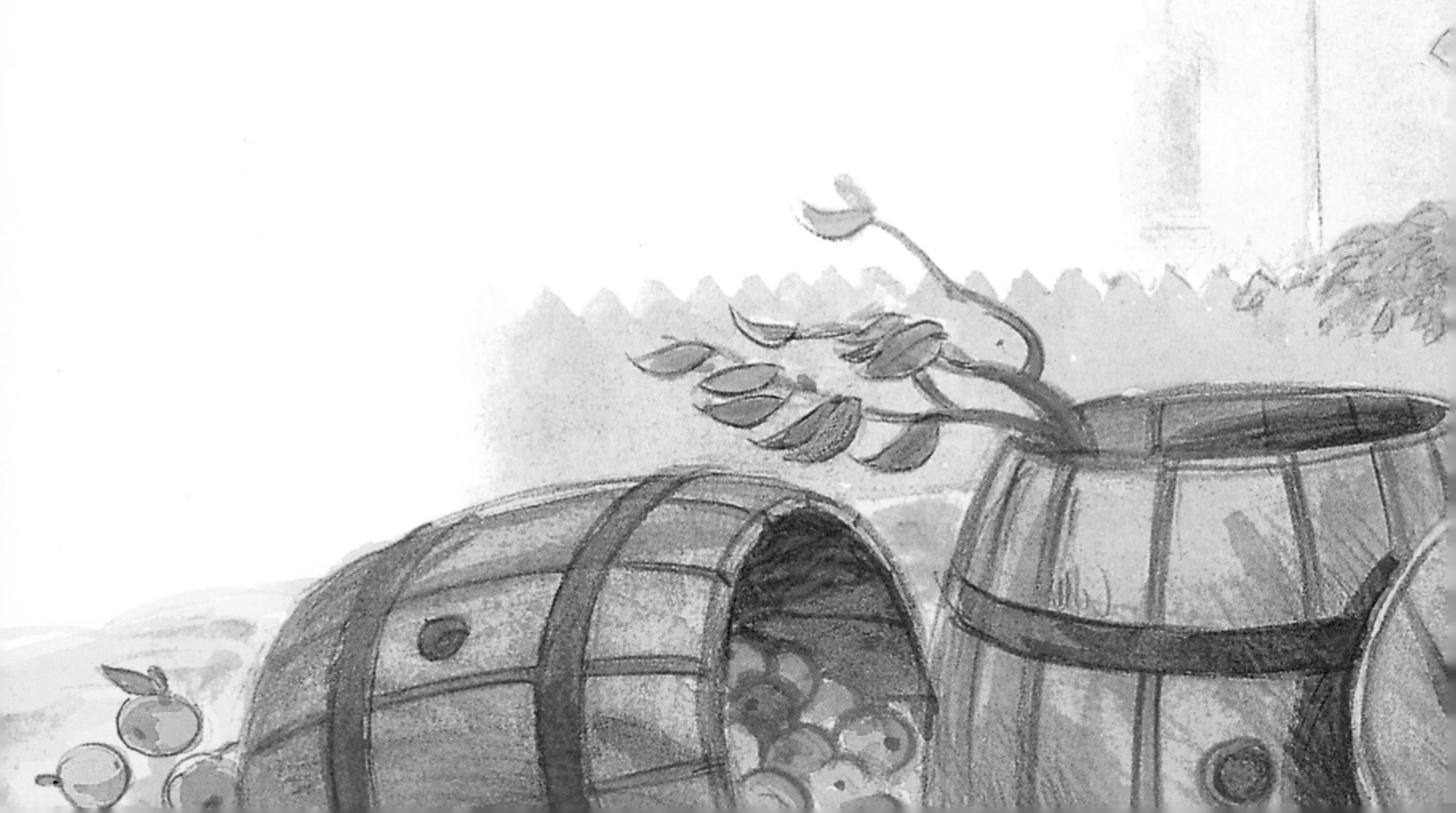

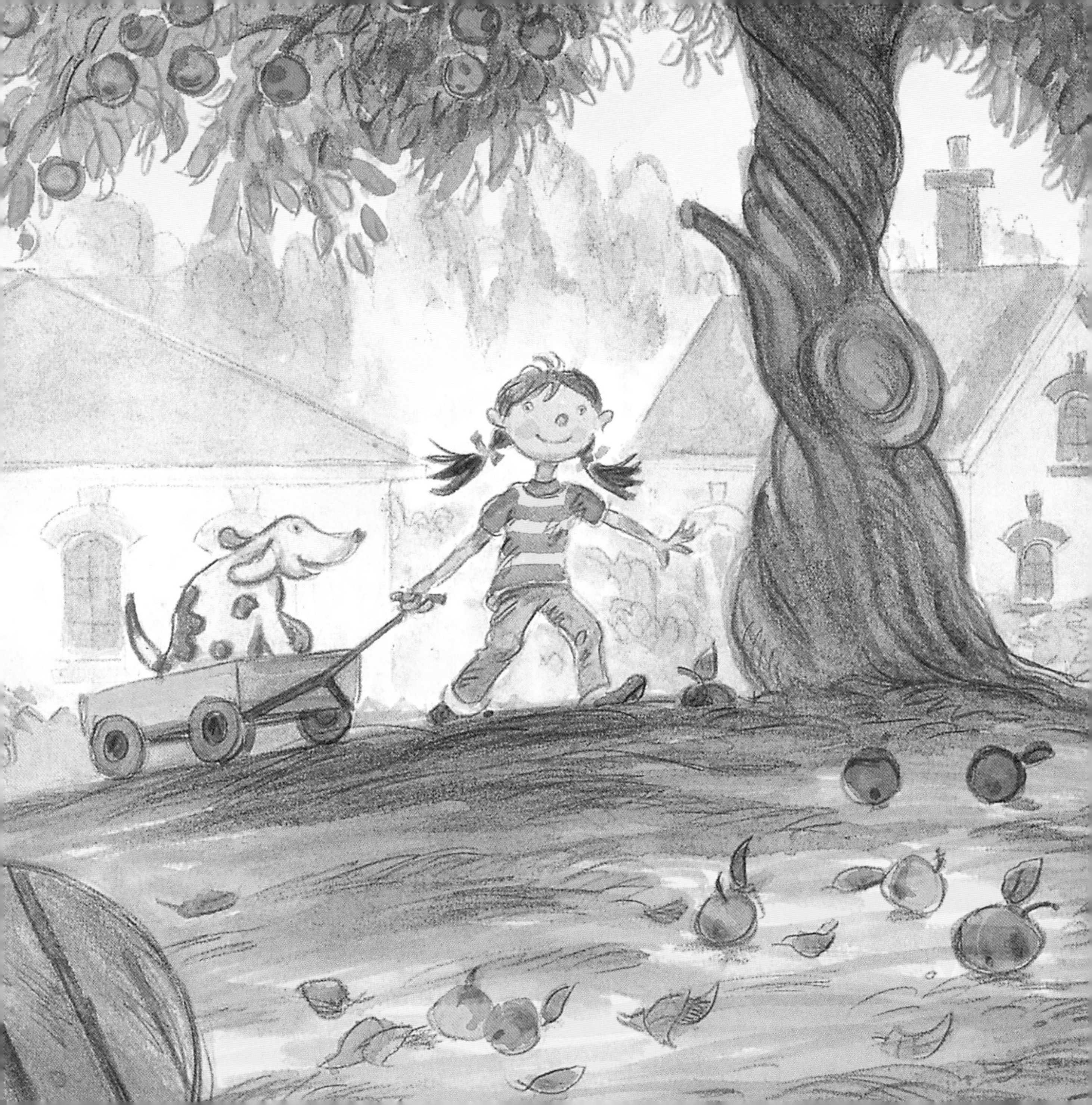

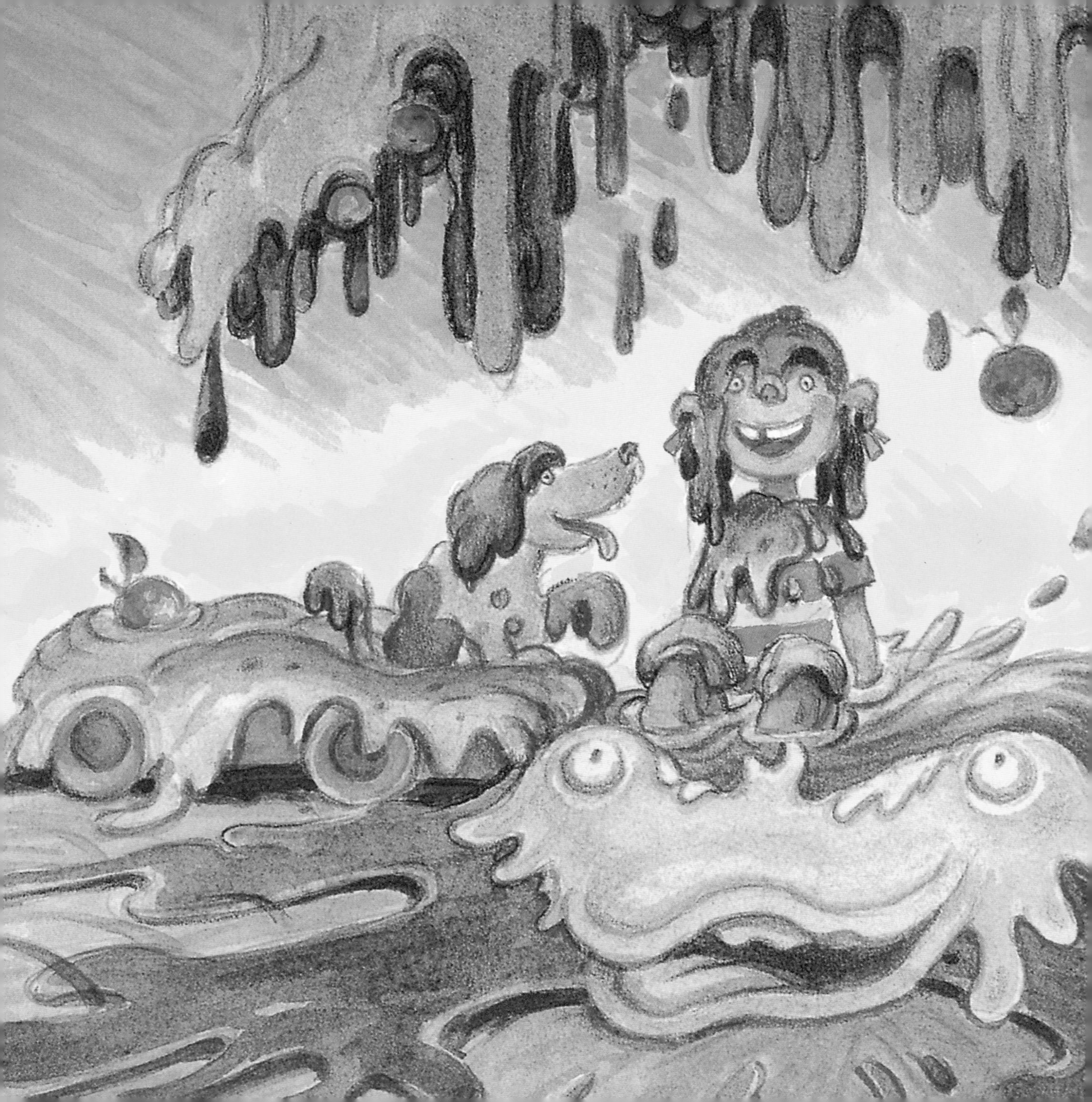

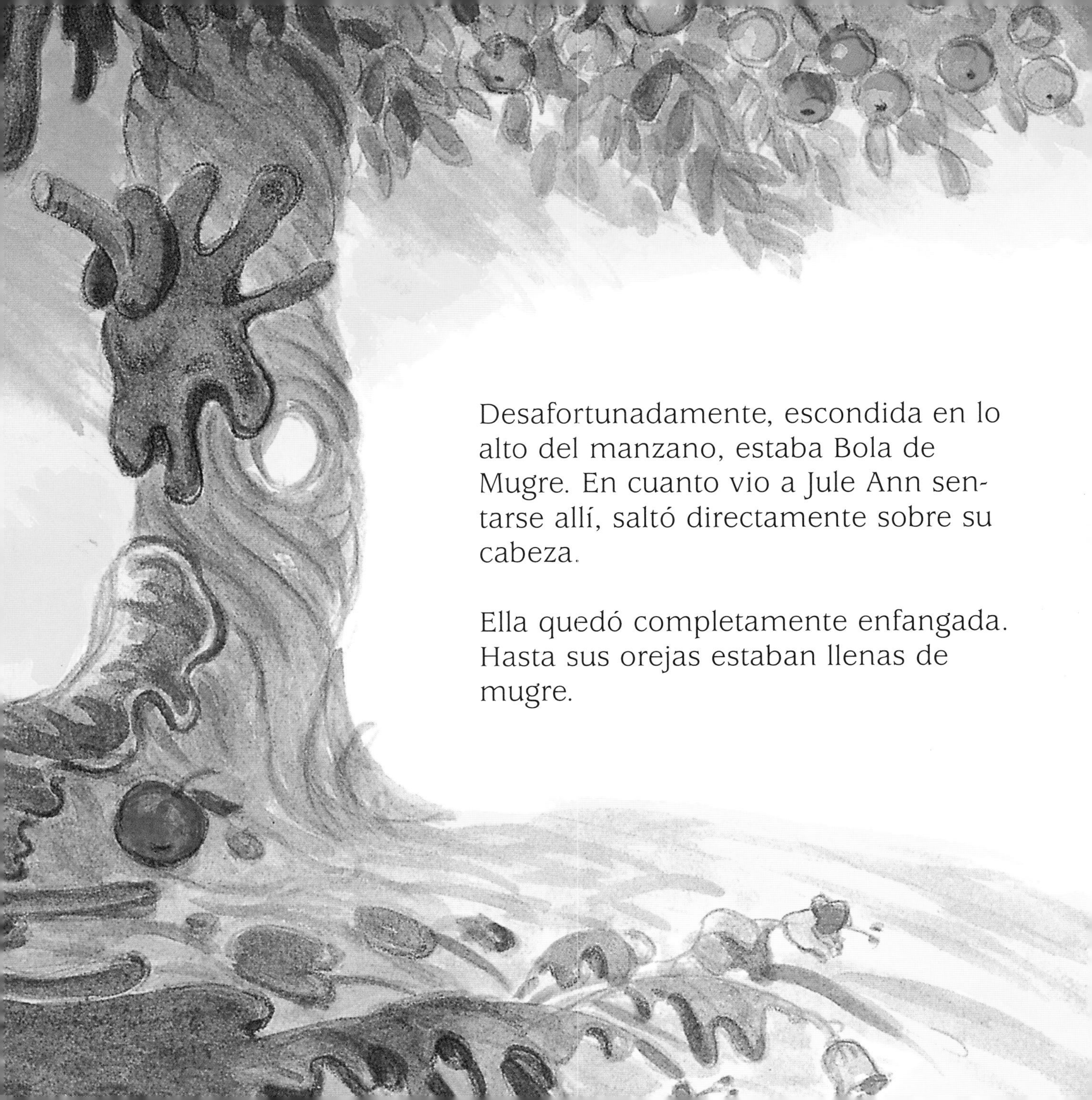

Desafortunadamente, escondida en lo alto del manzano, estaba Bola de Mugre. En cuanto vio a Jule Ann sentarse allí, saltó directamente sobre su cabeza.

Ella quedó completamente enfangada. Hasta sus orejas estaban llenas de mugre.

Jule Ann corrió hacia la casa gritando: —¡Mami, mami! Una bola de mugre me cayó encima.

Su madre la cargó, le quitó toda su ropa y la metió en una bañera con agua. Restregó a Jule Ann hasta dejarla completamente roja.

Le lavó sus orejas.
Le lavó sus ojos.
Y hasta le lavó su boca.

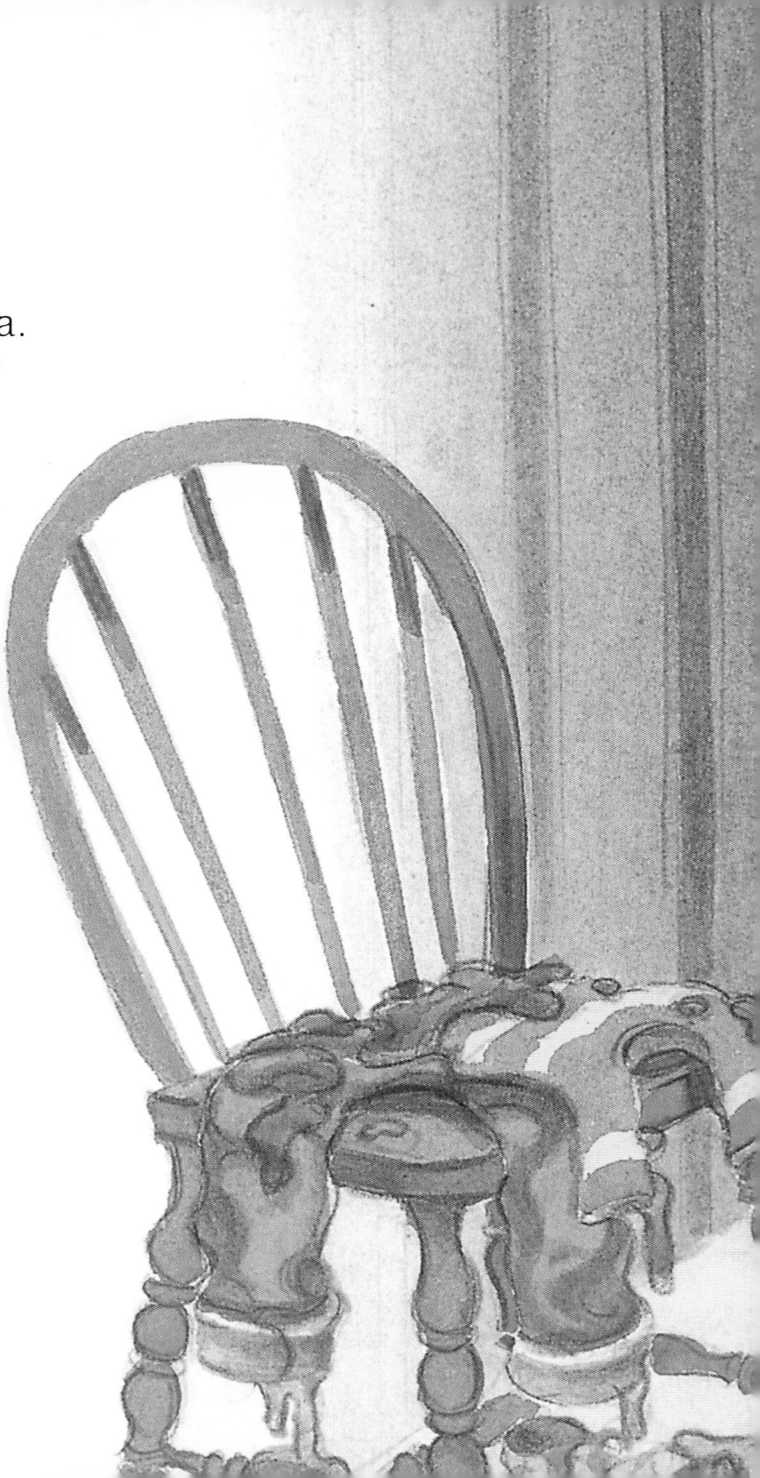

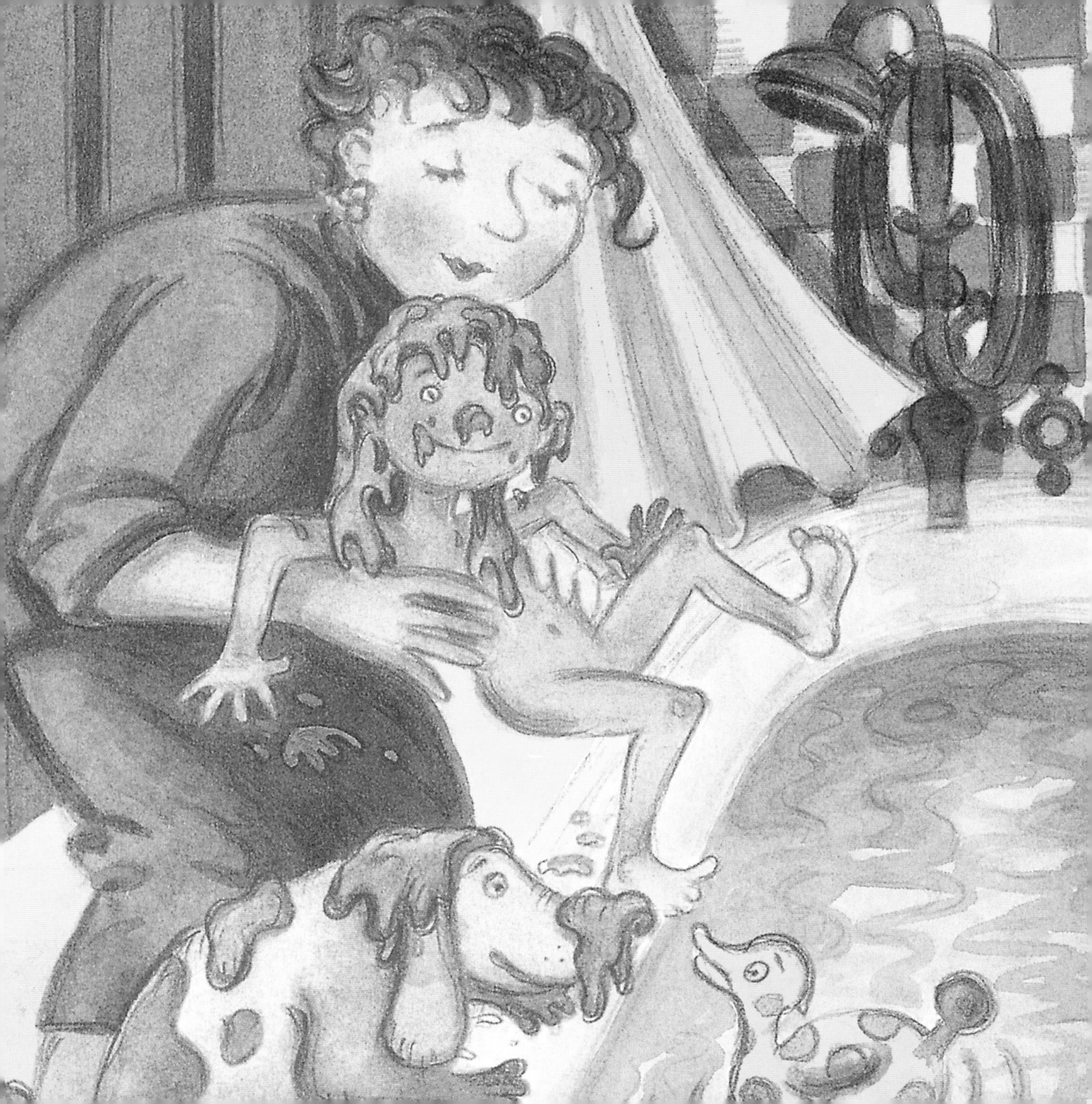

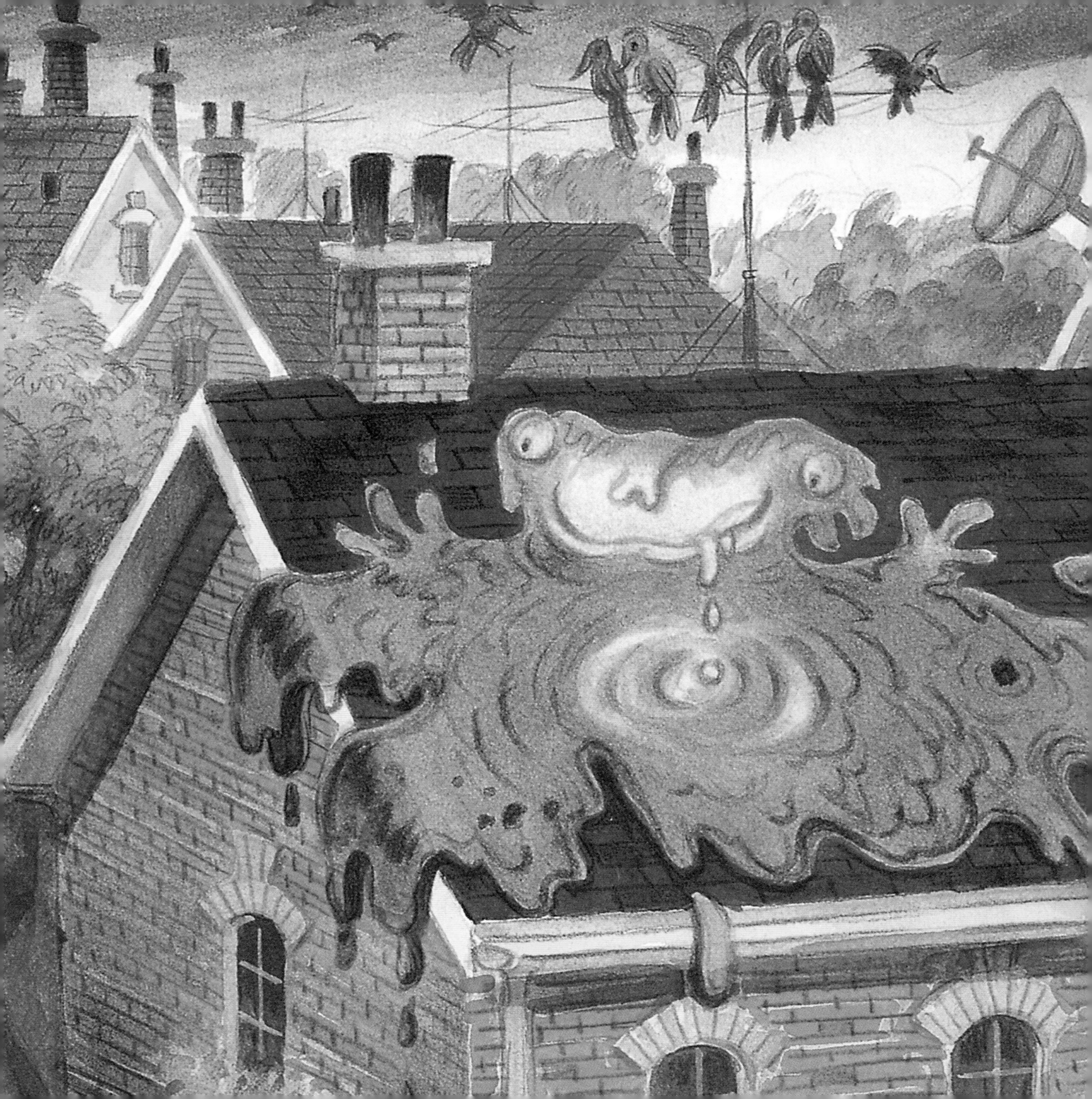

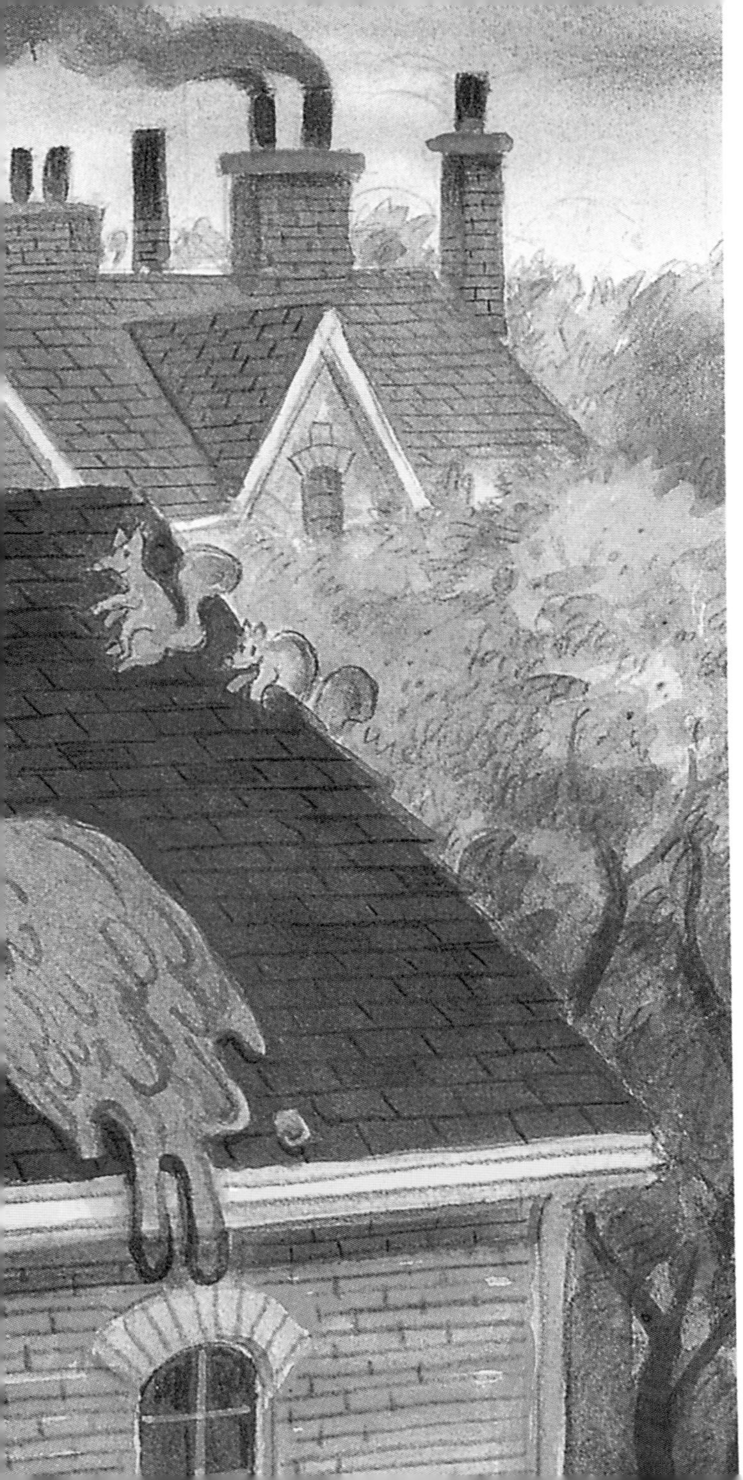

Jule Ann se puso otra blusa nueva y limpia, y se la abotonó hasta el cuello. Se puso otro pantalón nuevo y limpio, y se lo abotonó hasta arriba. Luego miró hacia afuera por la puerta de atrás. Como no vio a Bola de Mugre por ningún lado, salió y se sentó en su caja de arena.

La caja de arena estaba al lado de la casa, y escondida sobre el techo de la casa estaba Bola de Mugre.

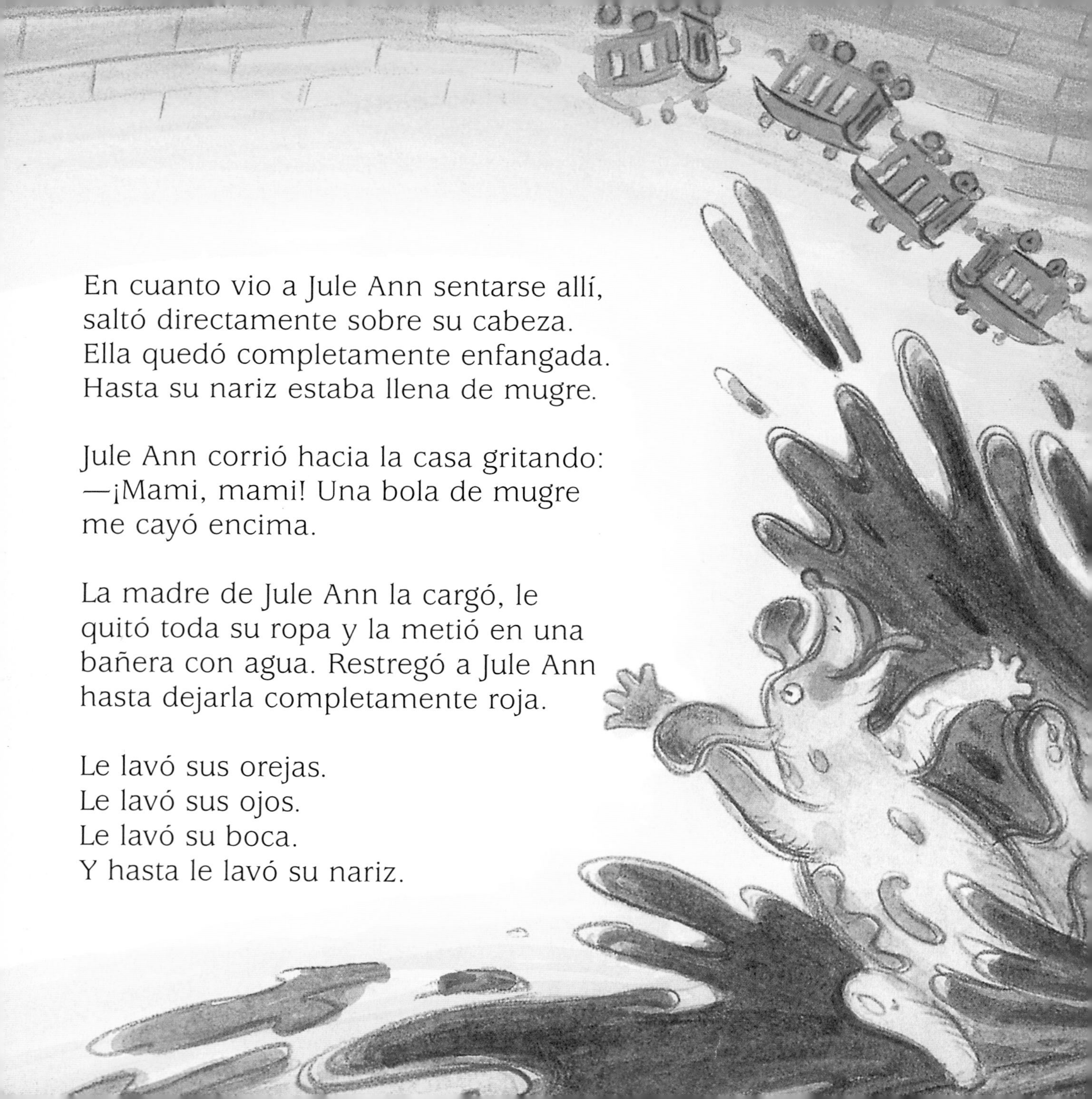

En cuanto vio a Jule Ann sentarse allí, saltó directamente sobre su cabeza. Ella quedó completamente enfangada. Hasta su nariz estaba llena de mugre.

Jule Ann corrió hacia la casa gritando:
—¡Mami, mami! Una bola de mugre me cayó encima.

La madre de Jule Ann la cargó, le quitó toda su ropa y la metió en una bañera con agua. Restregó a Jule Ann hasta dejarla completamente roja.

Le lavó sus orejas.
Le lavó sus ojos.
Le lavó su boca.
Y hasta le lavó su nariz.

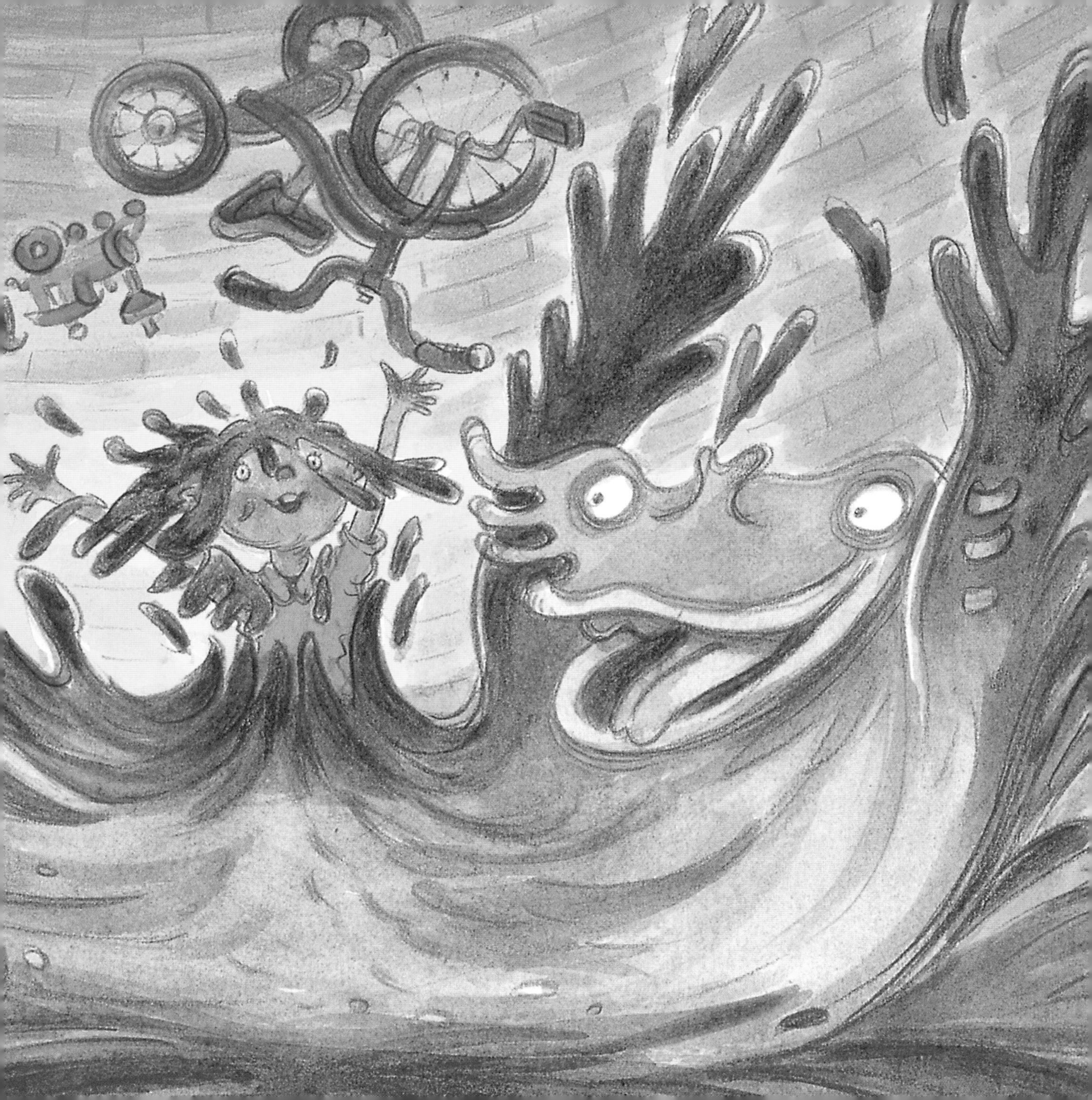

Jule Ann se puso otra blusa nueva y limpia, y se la abotonó hasta el cuello. Se puso otro pantalón nuevo y limpio, y se lo abotonó hasta arriba. Luego tuvo una idea. Se estiró hasta el fondo del clóset y sacó un impermeable amarillo. Se lo puso y salió afuera. No vio a Bola de Mugre por ningún lado, entonces gritó: —¡Oye, Bola de Mugre!

No ocurrió nada, entonces gritó más alto: —¡Oye, Bola de Mugre!

Jule Ann estaba bajo el sol con su impermeable y sentía mucho calor. No soportó más y se echó la capucha hacia atrás.

No ocurrió nada. Entonces se quitó el impermeable.

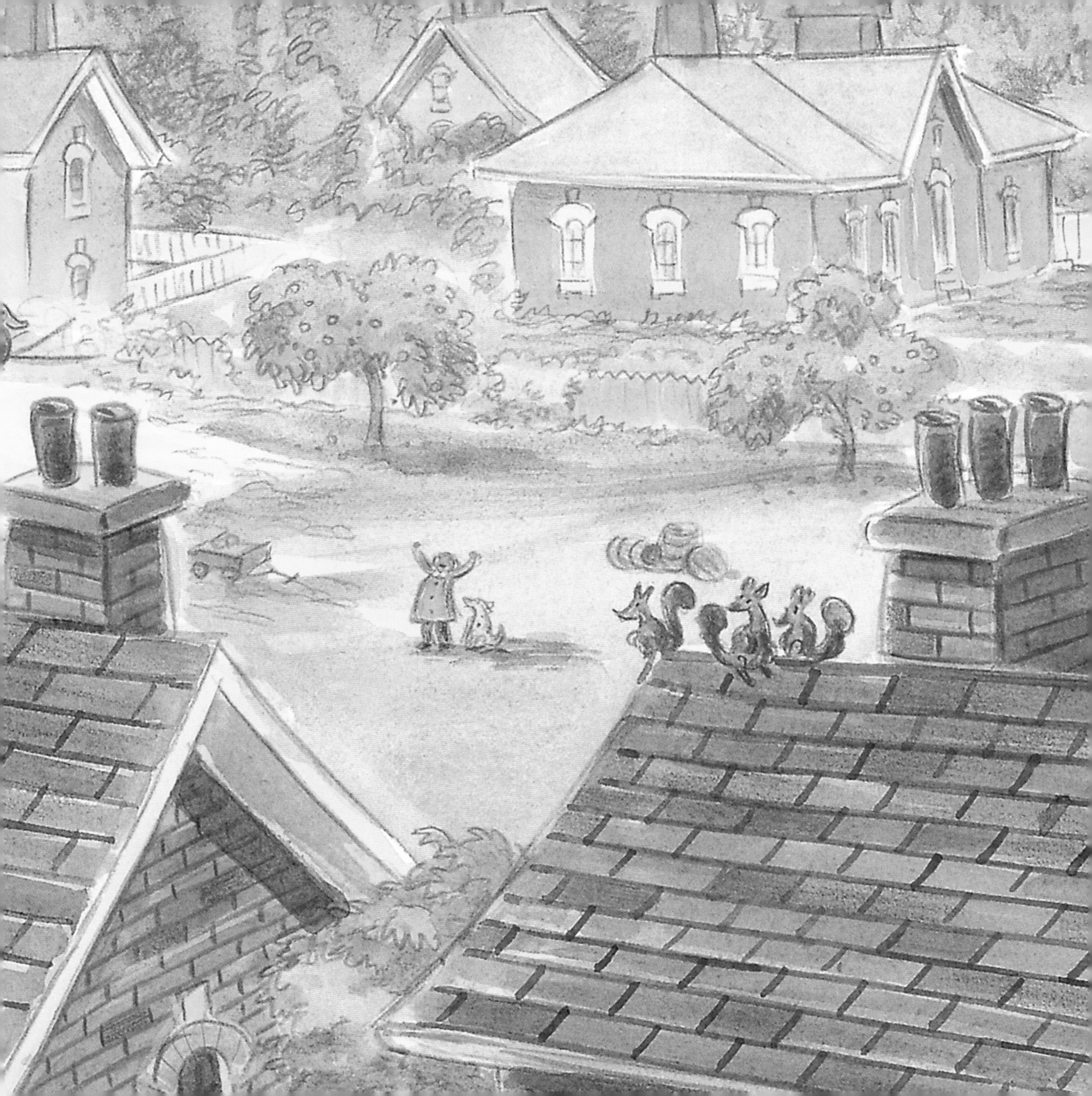

Tan pronto como ella se quitó el impermeable, de atrás de la casita del perro salió Bola de Mugre.

Corrió sobre la hierba y saltó directamente sobre la cabeza de Jule Ann.

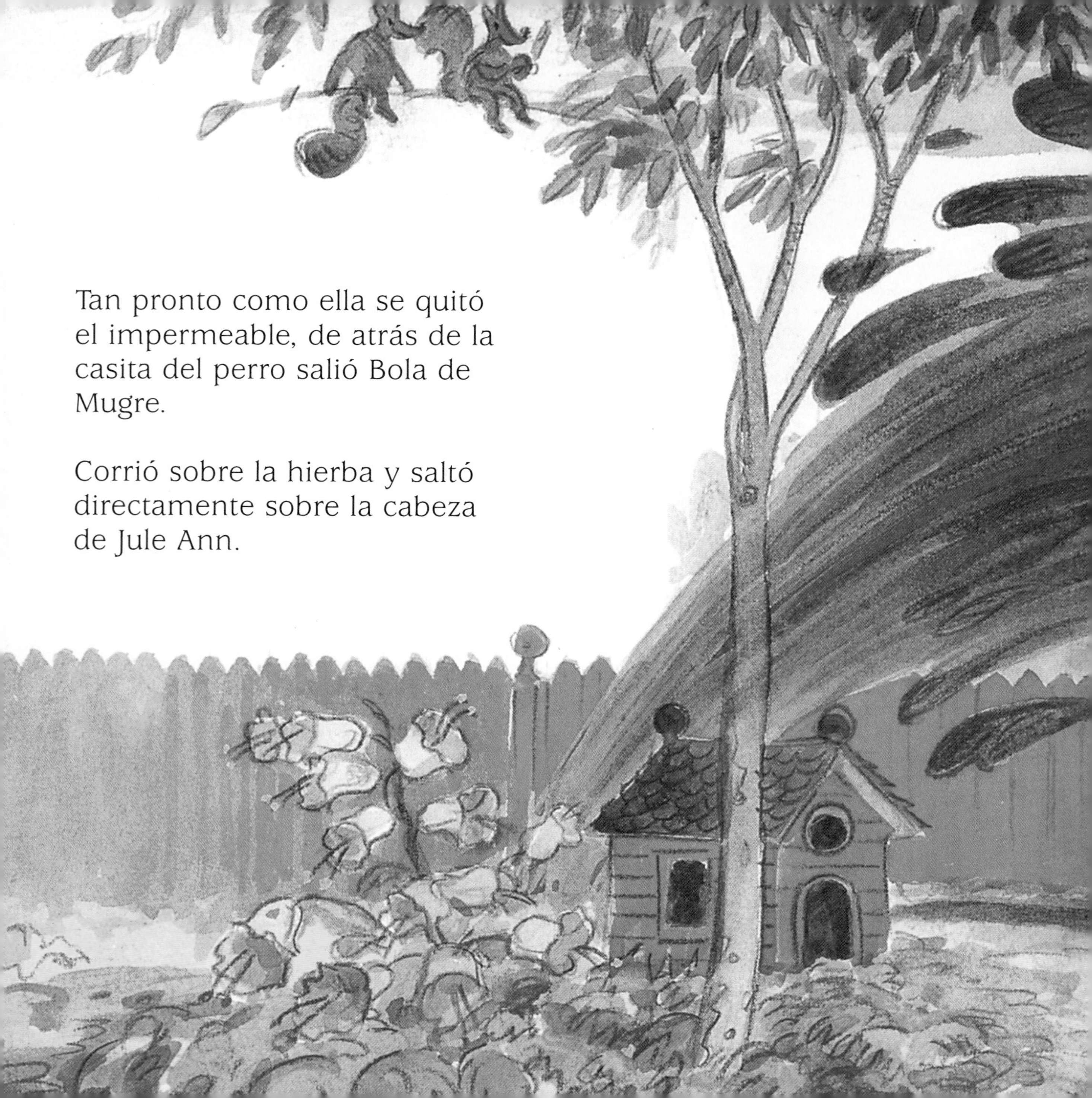

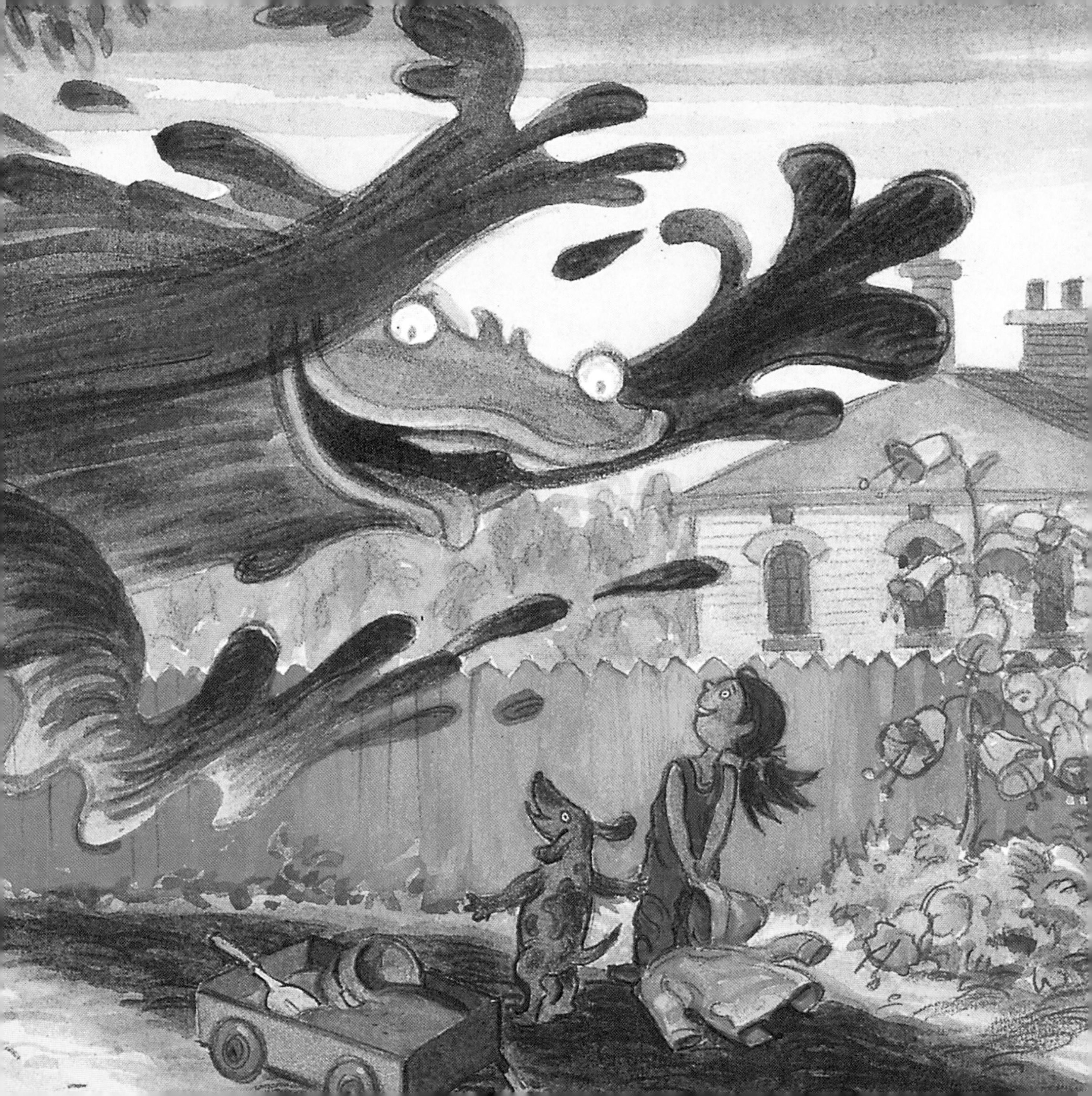

Ella quedó completamente enfangada. Jule Ann corrió hacia la casa gritando:

—¡Mami, mami! Una bola de mugre me cayó encima.

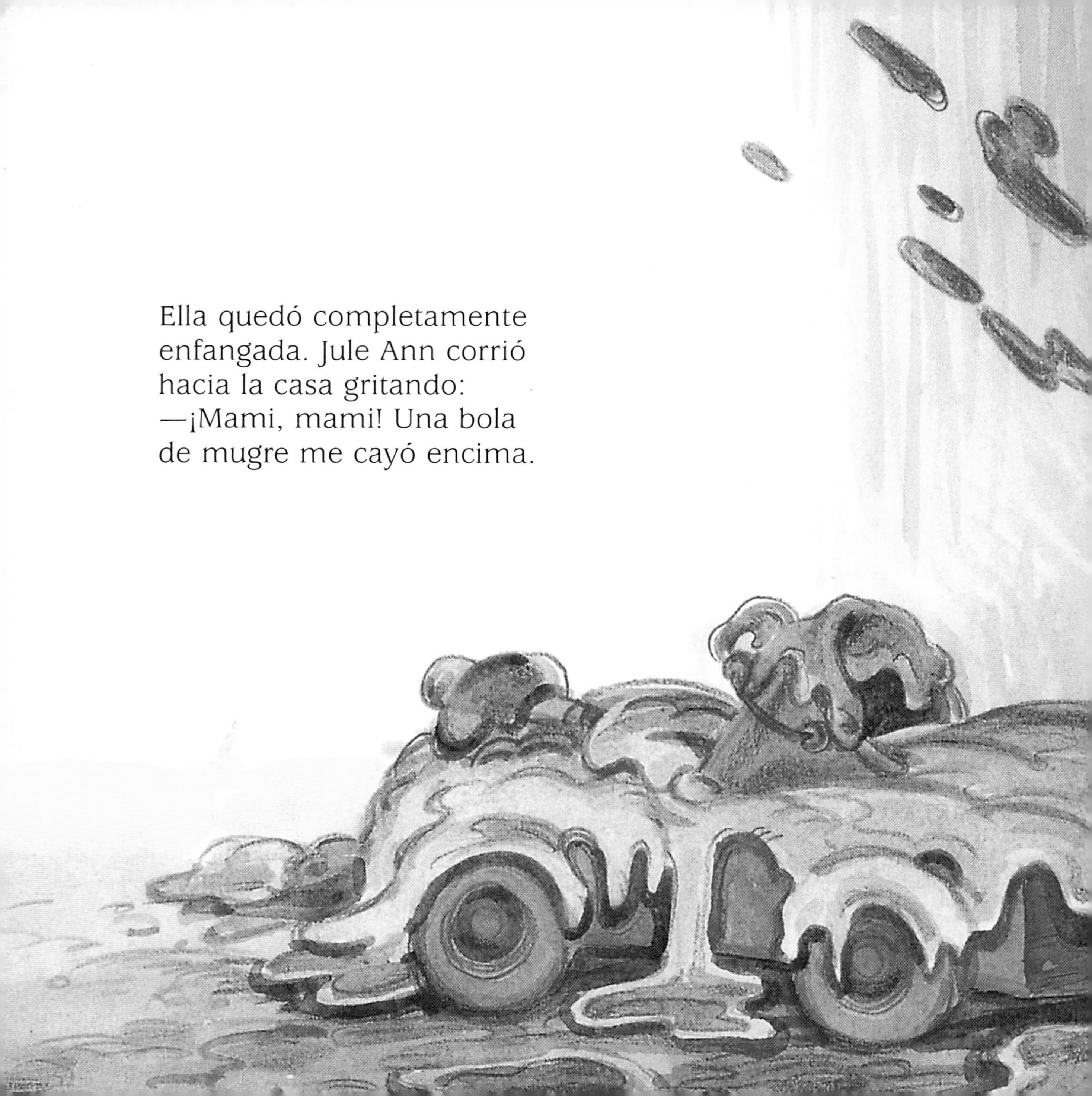

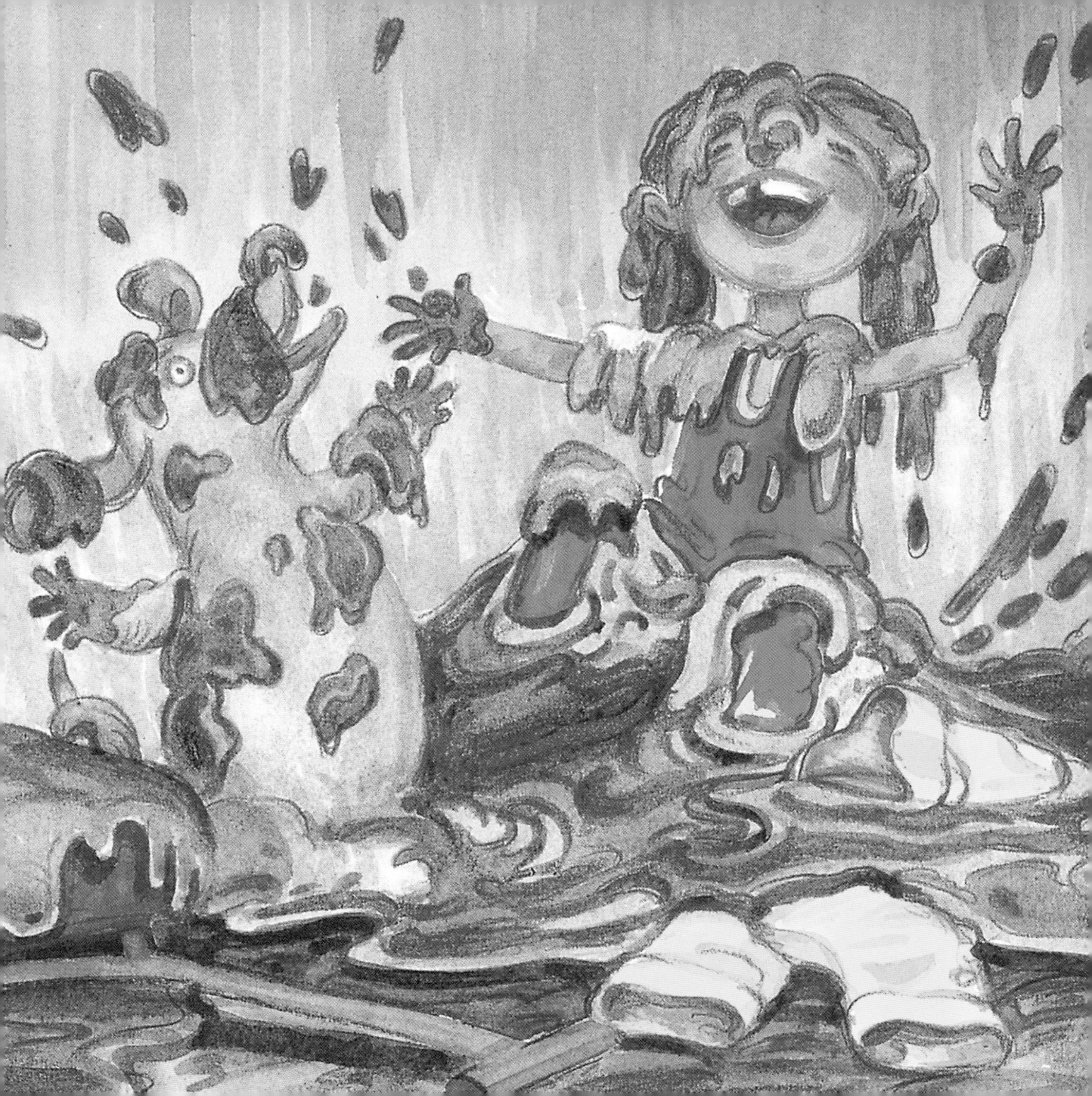

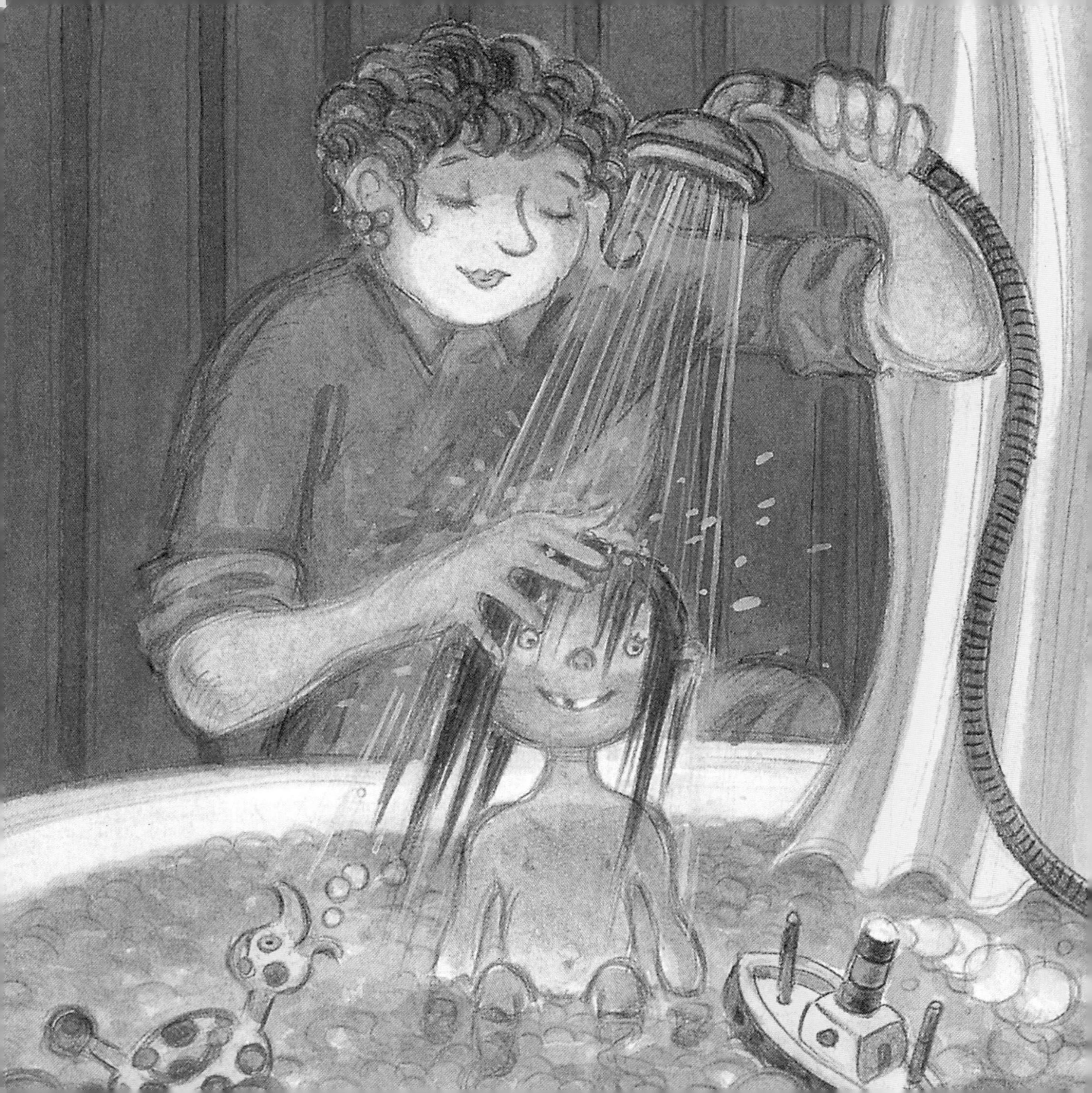

Su madre la cargó, le quitó
toda su ropa y la metió en
una bañera llena de agua.
Restregó a Jule Ann hasta
dejarla completamente roja.

Le lavó sus orejas.
Le lavó sus ojos.
Le lavó su boca.
Le lavó su nariz.
Y hasta le lavó su ombligo.

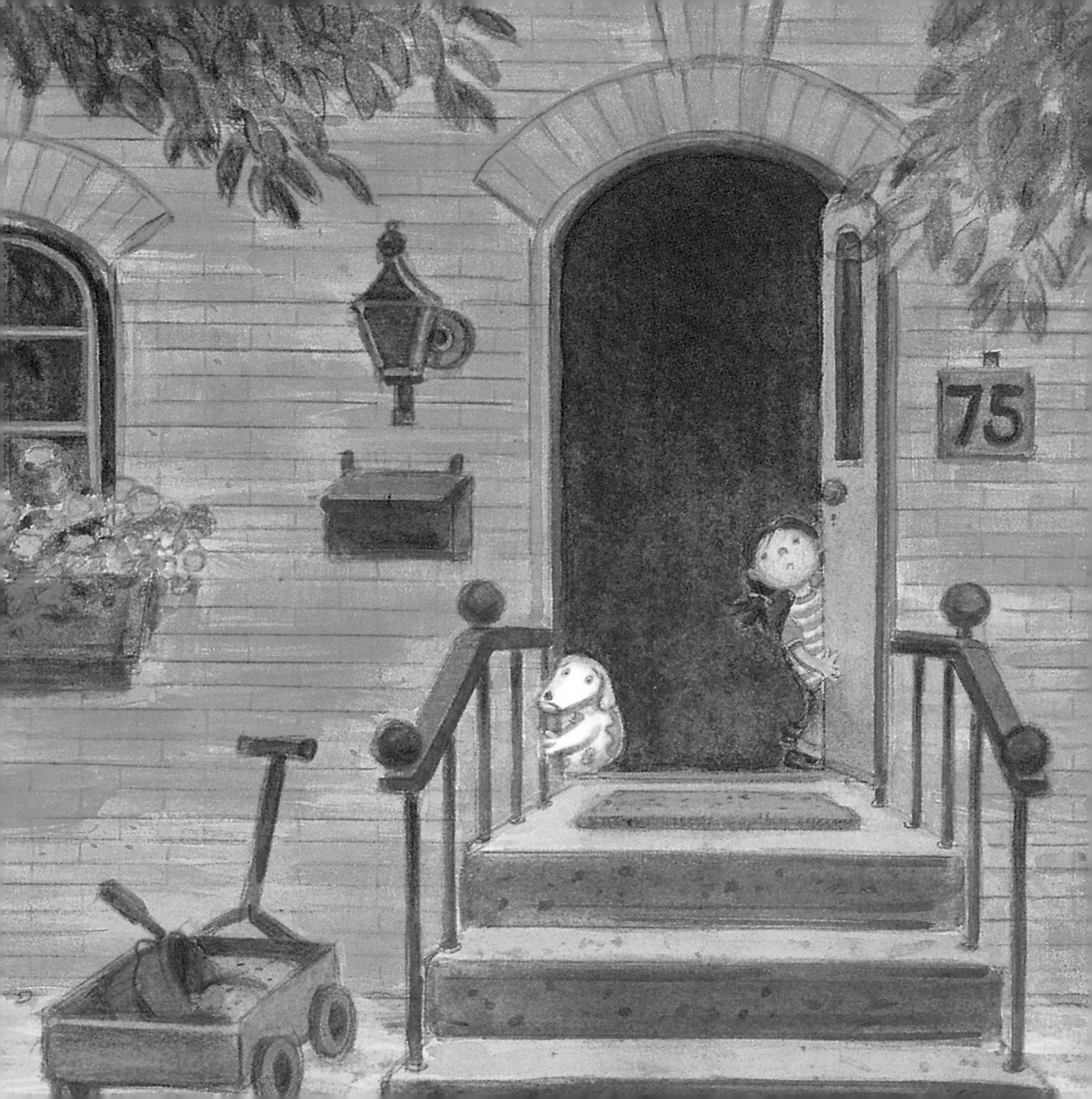
75

Jule Ann se puso otra blusa nueva y limpia, y se la abotonó hasta el cuello. Se puso otro pantalón nuevo y limpio, y se lo abotonó hasta arriba. Luego se sentó al lado de la puerta trasera porque tenía miedo de salir de la casa.

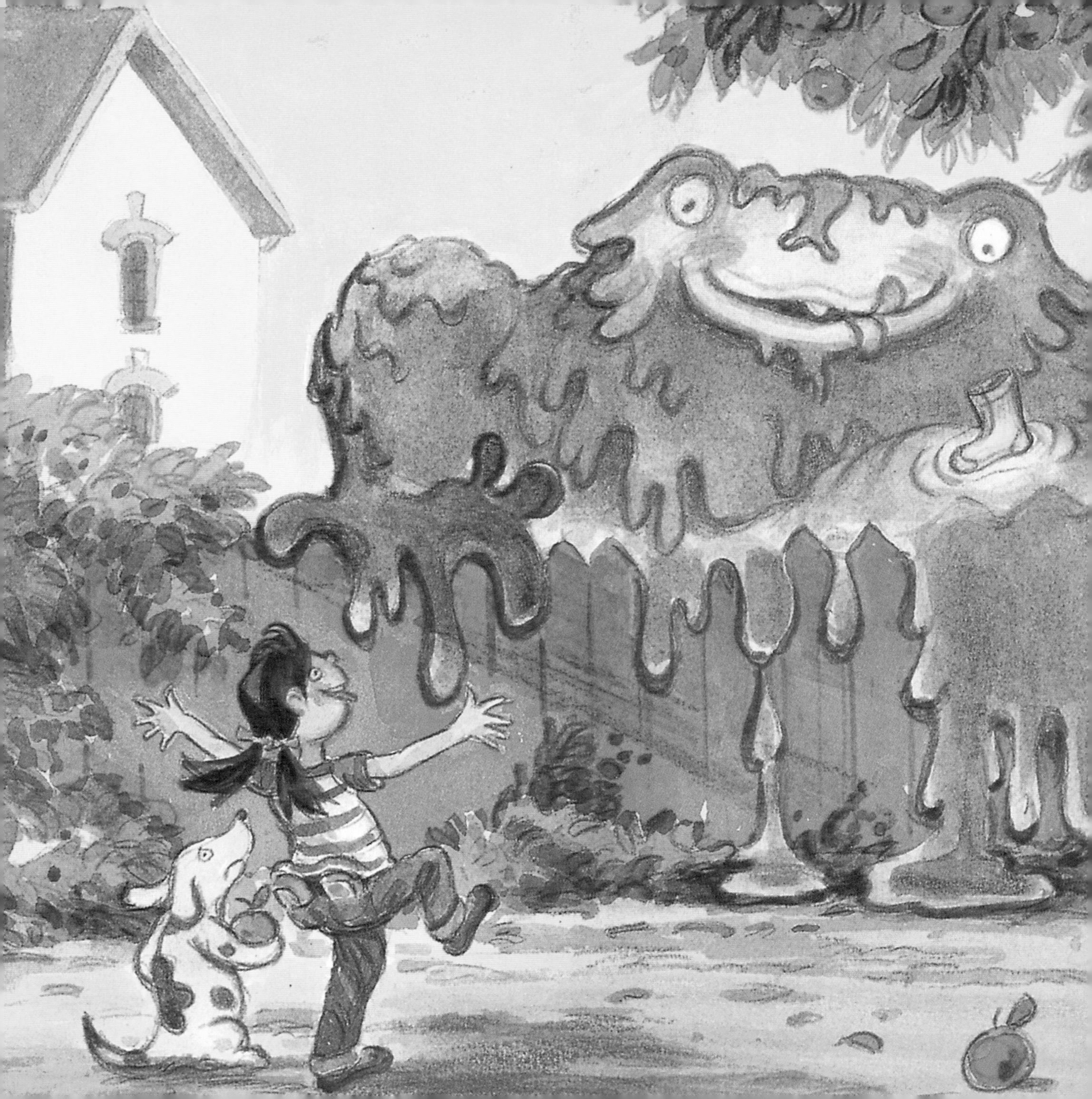

Luego tuvo una idea.

Se estiró hasta el lavamanos y tomó un apestoso jabón amarillo. Lo olió un poquito: "¡Ay, qué asco!" Tomó otro apestoso jabón amarillo y lo olió un poquito: "¡Ay, qué asco!" Se puso los apestosos jabones amarillos en los bol- sillos de su pantalón. Corrió afuera y en el centro del patio, gritó: —¡Oye, Bola de Mugre!

Bola de Mugre saltó la cerca y corrió directamente hacia ella.

Jule Ann lanzó un jabón directamente hacia el centro de Bola de Mugre. Bola de Mugre se detuvo.

Jule Ann lanzó el otro jabón directamente dentro de Bola de Mugre. Bola de Mugre dijo:
—¡Ay, qué asco, puaj!

Salió corriendo sobre la hierba, saltó la cerca y nunca más regresó.

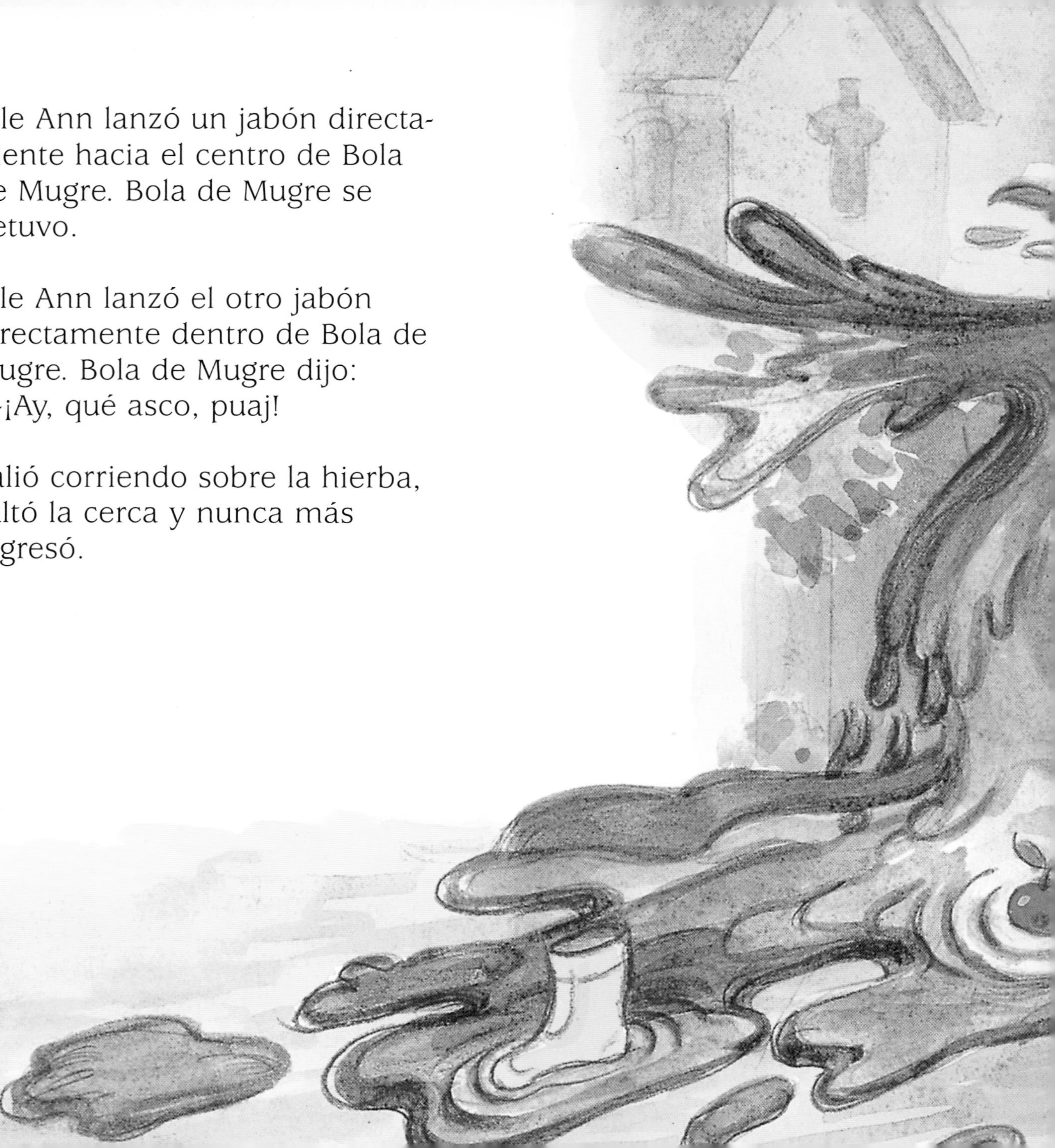

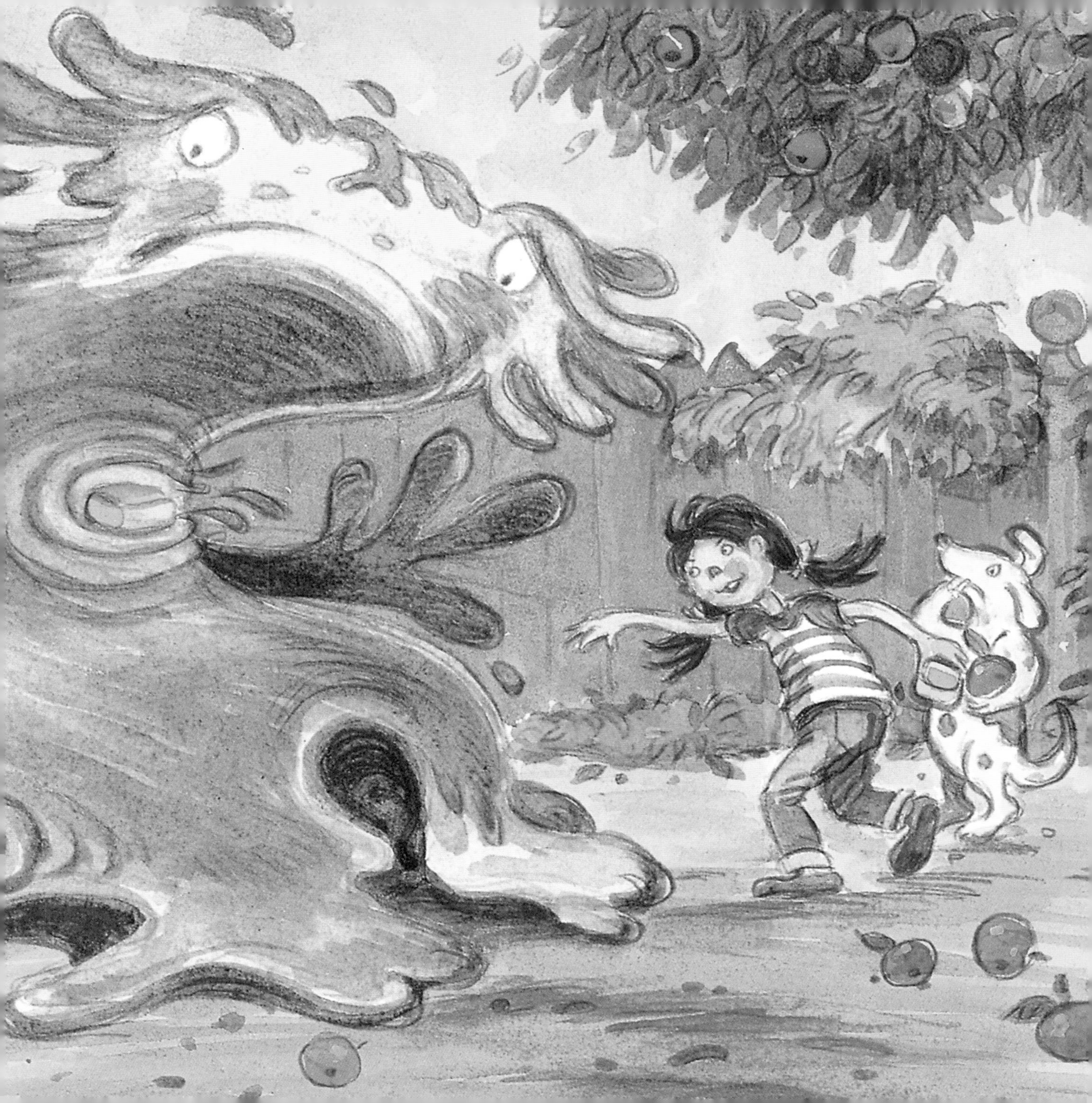

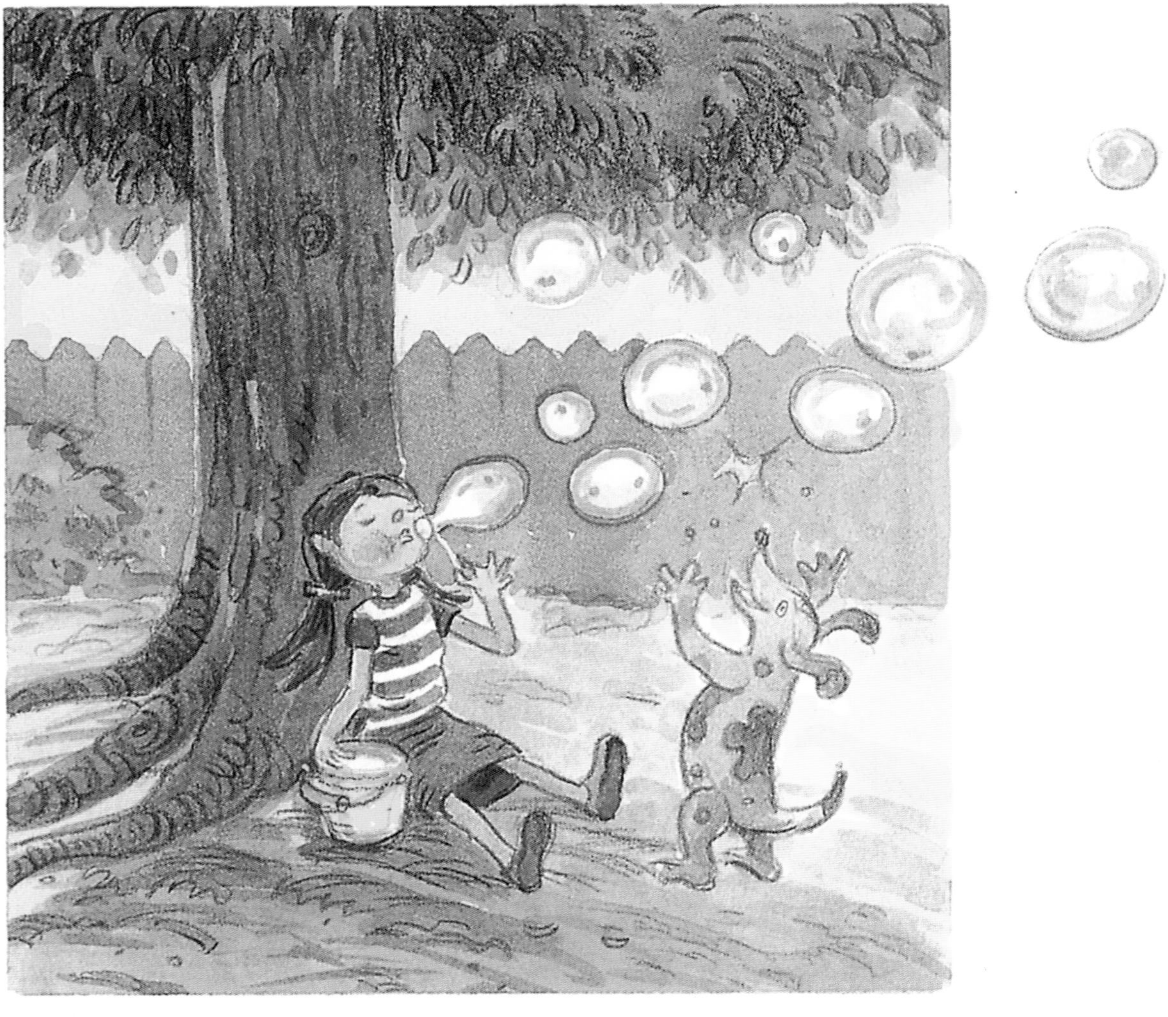

Otros libros de la serie Munsch for Kids son:

Los cochinos
El muchacho en la gaveta
Agú, Agú, Agú
El cumpleaños de Moira
Verde, Violeta y Amarillo
Bola de Mugre
La princesa vestida con una bolsa de papel
El papá de David
El avión de Angela
La estación de los bomberos
La cola de caballo de Estefanía
Espera y verás
Gatomágico

The Dark
The Paper Bag Princess
Something Good
Millicent and the Wind
The Fire Station
David's Father
50 Below Zero
Moira's Birthday
Pigs
Show and Tell
Wait and See
From Far Away
Mud Puddle
The Boy in the Drawer
Murmel Murmel Murmel
Mortimer
Angela's Airplane
Thomas' Snowsuit
I Have to Go!
A Promise is a Promise
Jonathan Cleaned Up, Then He Heard a Sound
Purple, Green and Yellow
Where is Gah-Ning?
Stephanie's Ponytail

Munschworks: The First Munsch Collection
Munschworks 2: The Second Munsch Treasury
Munschworks 3: The Third Munsch Treasury
Munschworks 4: The Fourth Munsch Treasury
The Munschworks Grand Treasury

Muchos de estos libros están disponibles en francés y/o en español.
Por favor contacte a su distribuidor favorito.